너의 시간은
나의 시간보다
빠르지만

새별 글 윤나리 그림

KB037939

생각
의힘

너의 시간은
나의 시간보다
빠르지만

너의 시간은
나의 시간보다
빠르지만

초판 1쇄 인쇄 2019년 5월 7일
초판 1쇄 발행 2019년 5월 14일

지은이 새별
그린이 윤나리
책임편집 조혜정
디자인 그별
펴낸이 남기성

펴낸곳 생각의결
인쇄,제작 데이타링크
출판사등록 신고번호 제 2016—000312호
주소 서울특별시 마포구 월드컵북로 400, 2층 201호
대표전화 (070) 7555—9653
이메일 layerbooks@gmail.com

ISBN 979-11-89413-75-0 00810
ⓒ새별, 윤나리, 2019

이 도서의 국립중앙도서관 출판예정도서목록(CIP)은 서지정보유통지원시스템 홈페이지(http://seoji.nl.go.kr)와
국가자료공동목록시스템(http://www.nl.go.kr/kolisnet)에서 이용하실 수 있습니다.(CIP제어번호: CIP2019016537)

너의 시간은
나의 시간보다
빠르지만

새별 글 윤나리 그림

생각
의힘

아침 5시.

밖은 마치 저녁노을이 덮인 것처럼 색이 고와.

옅은 하늘색과 타는 듯한 주황색, 은근히 섞인 노란색.

나는 새벽하늘도 그토록 아름다운지 몰랐어.

"넌 왜 꼭 밖에서만 화장실을 보니?"
귀찮게도 하루에 몇 번이나 나갔는데,
네가 오고 나서야 그렇게 예쁘다는 제주의 풍경이 눈에 들어왔어.

우리의 저녁 외출은 오후 5시일 때도 있고, 7시가 될 때도 있고,

8시일 때도 있어. 해가 저물녘이었나.

인적이 드문 곳을 찾고 있었을 거야.

문득 호수처럼 물이 잔잔하게 고여 있는 바다를 보았지.

하늘을 자주 보게 되었어.

너와 함께 곧잘 밖에 나가게 되었으니까.

나는 여기에 머문 지난 1년보다 노을을 더 자주 보게 된 거 같아.

네가 마음껏 뛰어놀 수 있는 장소를 찾느라

발걸음도 하지 않았던 곳들을 가.

해녀삼춘들의 일터를 감싼 구불구불한 시골길.

고구마와 마늘이 무성하게 자라날

초록색 밭길들.

하도해수욕장에서 500미터쯤 떨어져 있는 작은 해변.

가파르게 경사가 진 낮은 지미봉.

나는 숨이 턱까지 차올랐는데,
너는 지치지도 않고 달려 올라갔어.

가끔 뒤를 돌아보면서.

죽어도 바닷물 근처는 가지 않으려 하는 너라서

모래사장만 빙글빙글 돌기도 했었는데.

있잖아,

나는 그 별거 아닌 순간들도

너로 인해 행복했어.

누구도 함께 해주지 못했던 시간들,

그래서 외롭던 마음이

네가 있다는 것 하나만으로

왜 이리 벅차오르는 걸까?

고마워.

따뜻한 풍경을 알게 해줘서.
기울어가던 마음을
일으켜줘서.

그날을 떠올려볼까?

하도해수욕장이 건너다 보이는 멋진 숙소에서

따뜻한 아침해를 맞으며 늦은 첫 식사를 하던 때였을 거야.

너를 보던 그 순간까지도 나는 너와 함께 살아야겠다고 생각하지 않았지.

"어제 내가 미용실에 갔는데, 거기서 유기견을 한 마리 보호하고 있더라구요.
이번 주까지만 맡고 주인이 나타나지 않거나 아무도 데려가지 않으면 보호소로 간대요."

"얘 사진 보여줄까요? 뒷다리 허벅지에 봐요. 무늬가 이렇게 있더라니까요!
H 무늬가 있죠? 털에 이런 무늬가 있는 개라니. 이니셜 같아요."

내 이름에도 들어 있는 H라는 이니셜이
네 다리에도 있었더랬어.

그렇게 그곳을 나와 집으로 돌아왔는데…

왜일까?

왜였을까?

자꾸 사진 속의 네가 눈에 밟혔어.

한번 보러나 가자!

굳게 마음을 먹고, 가슴 졸이며 네가 있는 로로하우스로 전화를 걸었지.

"저, 보호하고 계신 강아지… 보러 가도 돼요?"

"보러 가면 데려와야 하지 않을까?"
얼마나 클지도 모르는 너를 키운다는 건 자신 없었거든.
새 주인을 찾을 때까지 몇 달, 그 정도면 되겠다고 생각했어.

하지만,

내가 그렇게 한 달, 두 달 데리고 있다 보면

너는 쑥쑥 커갈 테고,

강아지의 귀염성이 없어진 잡종견을 누가 데려갈까 걱정이 되었지.

어떻게도 마음을 정하지 못하던 그날 그 시간.
너를 데리고 있던 부부와 커피를 마셨어.
아내는 너의 얘기를 하다가 왈칵 눈물을 흘렸어.

회색 구름이 하늘을 촘촘하게 채우고 있던 날이었어.

뒤집힌 삼각형 모양의 귀를 펄럭이며 달려오는 너를 봤어.

사진보다는 작았던 너,

이제 그 잔디 마당이 자기 집인 양 활기차게 뛰어다니는 모습,

너의 이야기를 하다 갑자기 눈물을 흘리던 아내,

처음 너에 대해 들었을 때부터

이상하게도 마음에 밟혔던 감정들.

"제가 데려갈게요."

마음이 결정되지 않았는데,

내 입은 그렇게 말하고야 말았어.

그렇게 너와 나의 생활이 시작된 거야.

가장 먼저 한 일은 꼬질꼬질한 너를
말끔하고 어엿한 아기 강아지로 씻겨주는 것.

목과 몸통 앞다리를 거쳐 드디어 뒷다리께로 손이 갔을 때

그제야 나는 알았지, 그 H의 정체를!

질기게도 네 털에 붙어 있는 그 진회색 얼룩,
묘한 H 형상의 그것.

겨우 껌딱지였다니!

아쉬운 마음에 나는 일부러 떼지 않았어.
(의사 선생님이 단호히 잘라줄 때까지 말이야)

그거, 사실 조금 마음에 들었어.
나는 인연을 믿는 사람이었거든.
삶의 작은 신호에 민감했고 말야.

그 얼룩에 나는 처음부터
너와의 인연을 느꼈는지도 몰라.

너의 어여쁜 모습과
나의 순진함과
묘한 상황이 맞물려 맺어진 것이
너와 나의 인연인 것 같아.

'이렇게 함께하려고 그리되었나 보다.'

난 그런 것 같더라.

"똥개."

"쫄보."

이름이 정해지기 전에

나는 너를 자주 그렇게 불렀어.

처음 목줄을 하고 나가던 날,
네발에 힘을 잔뜩 주며 버티던 너를 떠올려.

낯선 것투성이였는지

너는 밖으로 나와서는 한 발자국도 걷지 않으려 했어.

"이 쫄보야!"
조금만 큰 소리가 나도 그 자리에 굳어서
움직이지 않는 너를 보고 하는 말이야.

"내 친구도 제주견 키워."
그 말이 그렇게 좋을 수가 없었어.
잡종이 아니라 제주견.

바람에 소금 냄새가 묻어 있는

제주에서 태어난 개.

"종이 뭐예요?"
누군가 그렇게 물어봤을 때
나는 뿌듯한 마음으로 답했지.
"제주견이에요."

네가 잔디 마당이 깔려 있는 집에 가면

그렇게나 활발하게 뛰어노는 것을 보면서

가끔 미안한 마음도 들어.

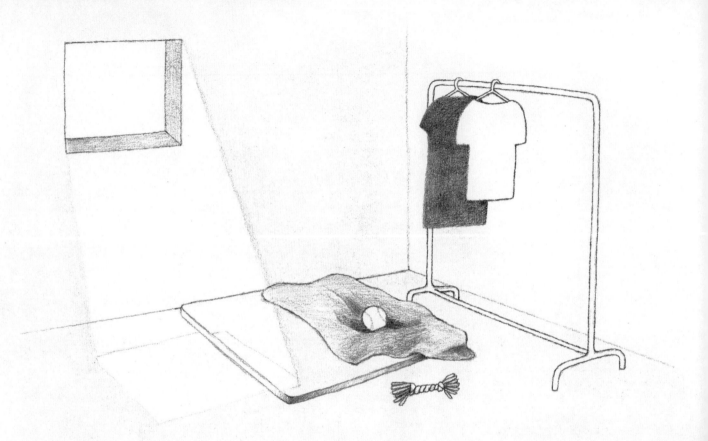

네가 머무는 곳은

방이 시작되는,

조금 널찍한 현관 앞.

나는 거기에 두툼하게 담요를 몇 장 깔아주었을 뿐이라.

내가 줄 수 없는 것은

큰 잔디 마당,

함께 내 침대에 올라가 서로 옆구리를 붙이고 자는 일,

하루 종일 함께 있어주는 것.

내가 줄 수 있는 것은

자주 쓰다듬어주는 손길,

갈비뼈가 다 보이도록 여위어서 왔다는 너를

더 이상 배고프지 않게 꼬박꼬박 밥을 챙겨주는 일,

시원한 바닷가에 잠깐이나마 너를 풀어주는 것.

누군가와 비교하면 많이 부족할 수도 있는 돌봄.

나는 너에게 언제나 가장 좋은 것을 해줄 수는 없어.

나는 내가 늘 하던 것처럼 너에게도 그러려고 해.

내가 할 수 있는 것을
할 수 있는 만큼
최선을 다하는 것.

나는 '달'에 힘을 주어 너를 불러.
네가 아직 네 이름이 뭔지 모르는 것 같아서.

"호라."

나는 그 이름이 좋았어.

그렇게 이름을 붙이고 싶었는데,

너는 그 이름에 영 돌아보지 않았지.

"달로."

그렇게 불렀더니 왠지 네가 고개를 갸웃하는 것 같더라.

깊은 고민을 거쳐 나는 너의 이름을 정했어
달로, 라고.
제주도 동쪽 끝마을 종달리에 있는
로로하우스에서 만나 데려온 아이,
달로.

"괜찮아. 이제는 내가 보살펴줄게."

가끔 나보다 빨리 흐를 네 시간을 생각해.

어느 날 문득 나의 나이 든 개가 될 너를.

제주에서 늘 외따로 떨어진 존재였던 내게 너는 의미가 되어주었어.

'나는 이제 괜찮아. 네가 나의 마음 기댈 곳이니까.'

하루에 세 번씩

아침 해를 보고

오후의 뜨거운 햇볕을 고스란히 받기도 하고

유난히 아름다운 제주의 저녁노을을 함께 보자.

너의 시간은 나의 시간보다 빠르지만,

그러니까, 달로야.

우리 그 시간이 아쉽지 않게 살아가자.

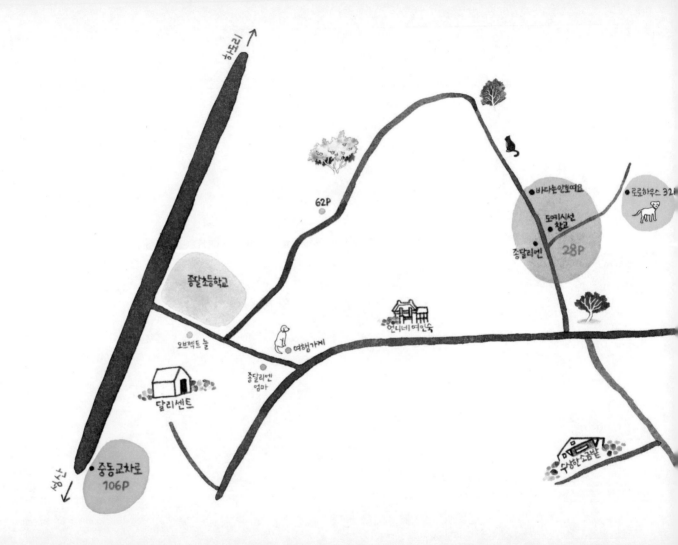

우뭇개

하늬바람

62P

종달초등학교

바다는안보여요

로로하우스 32P

도예시선
창고

종달리엔

28P

오브젝트 늘

언니네여인숙

여행가게

종달리엔
엄마

달리센트

중동교차로
106P

수상한소금밭

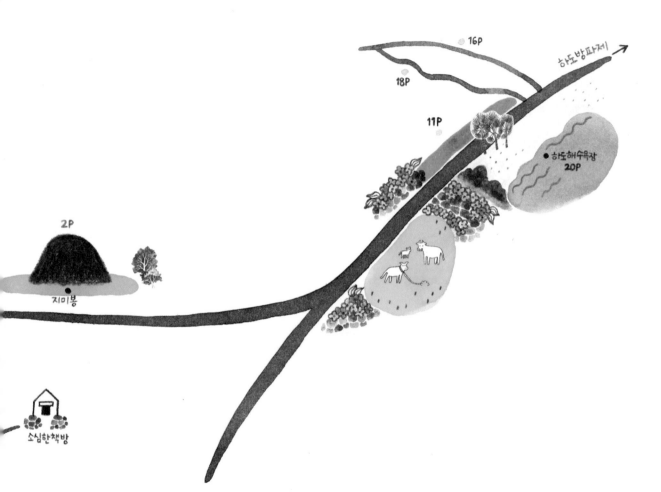

16P

18P

하도방파제

11P

하도해수욕장
20P

2P

지미봉

소심한책방